심장을 다시 구겨 넣으며

심장을 다시 구겨 넣으며

발행일 2024년 4월 15일
지은이 장은화
펴낸곳 도서출판 시와 이야기
주   소 서울특별시 중구 마른내로8길 14 3층(인현동2
가)
전   화 010-8947-2462
Email : heir201933@gmail.com
ISBN 979-11-93520-02-4
이책의 판매공급처 : 도서출판 시와 이야기

값 : 15,000원

심장을 다시 구겨 넣으며

시인 장은화

시인의 말

꽃은 햇살을 받고 살고
꽃은 달빛을 받고 잠들고
꽃은 바람을 맞으며 흔들리고
그렇게 나이가 들어간다

꽃은 느리게 가고 싶다
꽃은 꺾이지도 밟히지도 않고
느리게 가더라도 자신을 잃고 싶지 않다
사랑으로...

나도 느리게 가더라도
어제보다 오늘 더 행복에 가까워지고
내일은 더 향기를 내는 사람이길
꽃과 함께 오후 내내 수다를 떨고
시를 쓴다

2024년 봄을 지나
어여쁜 아이리스와 희망과 용기를 나누는 꿈을 꾸며....

4

아이보다 나은 어른은 없다 어른은 늘 아이를 보고 자라고
아이를 보고 점점 더 어른이 되어간다
아이는 노을을 보며 붉어질 때까지 자신을 희생해
숨차게 달려오며 타오르는 것이라며 귓속말로 전해 온다
아이는 버들강아지가 누군가 그리워 낮은 목소리로
떨고 있는 거라 말한다
또 한 아이는 그리워하는 건 재잘 거리며 뛰놀던
아이들과의 추억 일 거라 얘기 한다
아카시아 나무가 그 옛날 사랑을 얻지 못해
하늘의 꽃이 되었다는 전설도 아이에게서 배운다
아이들은 전설을 두고는 다투는듯하지만 금세 추억이 된다
아이는 파도가 밤을 지새우며 누군가의 아침이 늦지 않도록
쉼 없이 노래한다고 나직이 알려준다
그리곤 파도의 음표로 자장가를 연주하고 잠들지도 않을 하품을 한다

그 사이 장수거북이가 느리게 오늘을 등에 지고
바다를 여행할 채비를 한다는 것을 아이에게서 배운다
아이는 비가 오는 날이면 새로 산 우산을 쓸 수 있어
기뻐하고 어른은 새로 산 구두가 젖을까 봐 심술이 난다.

저는 시를 통해 희망, 가족애, 견디어냄, 소외받는 것에 대한 연민, 또 그리움이나 고뇌를 통해서 성숙할 수 있다는 것을 부족하나마 말하고 싶었어요.
누구에게나 시련과 고통은 있어요. 하지만 그 고통 뒤에도 누구에게나 '희망과 용기'라는 날개가 있을 거라 생각해요.
아이리스 꽃말처럼 희망이 꽃잎 피듯 돋아 날 거예요.

저는 오랜 시간 아이들을 가르치며 오히려 많은 것을 배우고 깨달아가는 저 자신을 바라보게 되었어요.
앞으로도 아이들을 가르치며 의미 있는 시와 수필을 쓰고, 지금껏 그래왔듯 많은 것을 나누며 소중한 일기를 써나가겠어요.
항상 제가 서 있을 수 있게 사랑을 주고, 시집도 출판할 수 있게 응원해주고 도와 주신 가족들 감사하고, 사랑합니다.

2024년 4월 15일
장은화

목차

들어가는 말

6

1부 시를 쓰고 있다

살아있다는 것	18
나이든 구두	19
내 심장을 다시 구겨 넣으며	20
앓이	21
시를 쓰고 있다	22
비정규직 사연 - 갓털	25
비정규직 사연 2 - 내 이름은	26
비정규직 사연 3 - 왼손	27
아이들은 모두 꿈이 있다	28
가시 1	29
가시 2	30
가시 3	31

갈대   32

터널   33

술병   34

토토의 하루   35

새벽기차   36

진통제   38

변신   39

삶 - 일상은   40

내게도 마법사는 필요하다   41

이상한 나라의 앨리스   42

우리 몸은 평등을 바란다   43

사막이 되는 곳   44

2부 내 두통엔 그리움이 가득하다

추억은 죽고 낙서는 남아   50

비타민 네 알 - 첫째 날   52

비타민 네 알 - 둘째 날   53

진실   54

겨울 숨바꼭질   55

엄밀한 자아   56

사색 - 외로움   58

사색 - 소풍   59

사색 - 기다림   60

그 시절 그 노래   61

문턱   62

태양과 달 사이   64

첫사랑   65

창-1   66

창-2   68

창-3   70

쉼표   71

내 두통엔 그리움이 가득하다 - 영주   73

3부 Angel Queen

아버지의 소파는 사계절이 편하다   78

쉼   80

어머니의 무릎   81

아버지의 자전거   82

가로등   84

소녀   86

위로   87

까치밥   88

내 친구 은희 - 터널에서 나오다   90

길   92

떨어지는 낙엽이 아프다   94

Angel Queen   96

재활   99

시디플레이어의 기억   100

나는 매일 나이팅게일과 만난다   103

연(戀)   104

소망   106

어머니는 늘 그렇게 살아오셨다   107

4부 때론 꿈도 주인을 찾아간다.

붉은 오해   110

동백   112

늪, 미완의 수채화   113

님- 목련   114

님- 벚꽃   115

님 -개나리   116

탄생   117

달빛의 문장   118

바람과 매일 이별하고 산다   120

겨울이 봄에게   122

때론 꿈도 주인을 찾아간다   124

기대어   126

청춘더하기 - 12월이 지나면   127

지극히 사소한 - #장면1   128

지극히 사소한 - #장면2   130

하늘을 본다는 것   131

거미 - 일인칭 주인공시점   132

상처는 향기를 만든다   134

사랑을 하면   135

7월의 상실의 사랑   136

그림자   138

5부 안갯속에서 안개를 바라보다.

재활병원에서   142

304호실 그녀의 이름   143

괴물 컴퍼니   144

그림자의 억압   145

악마는 누구의 손도 잡지 못한다   146

고해   147

손톱   148

로드킬,어린 두 고양이의 죽음   150

인공눈물   151

금지된 미움 - 무죄   152

배신   153

안갯속에서 안개를 바라보다   154

건넛방 후배   156

내 눈이 너를 바라볼 때   ·   157

상자의 불편한 진실   158

도마   161

식도염   162

조하리의 창   163

대출편지   164

모순 – 일상1   166

모순 – 일상2   167

1부

시를 쓰고 있다

내가걸고있던것이내가
던하루로가난한벽구멍
노래로끼니를때우니들
좌우로요동을치고이미
아프다내머리채를움켜
래며내심장을다시구겨
다

아니라는걸알았을때씹고있
을메우고여기저기쉽게짓던
여다보는것이두려워두통이
내몸에서벗어나버린심장은
쥐던몰래왔던바람을겨우달
넣었다나는나를오진하고있

살아있다는 것

차가운 강에 발을 담근다
다른 얼굴의 돌들이 나를 쫓는다
작은 송사리 떼들의 생명이 간지럽힐 때
살아 있음을 느낀다

붉은 석양에 눈을 맡긴다
무지개를 뱉던 태양빛은
달빛에 반해 오래전 별의 전설을
하늘에 옮겨 놓을 때
살아 있음을 느낀다

낮을 살았던 거친 호흡이
아이들의 평화로운 웃음소리로
잔잔한 쉼을 찾을 때
살아 있음을 느낀다

나이든 구두

청춘을 생각한다
거만한 콧대
뽐내던 그만의 카타르시스
그도 젊은 시절이 있었다.

내 심장을 다시 구겨 넣으며

내가 걸고 있던 것이
내가 아니라는 걸 알았을 때
씹고 있던 하루로 가난한 벽 구멍을 메우고
여기저기 쉽게 짓던 노래로 끼니를 때우니
들여다보는 것이 두려워 두통이 요동 치고
이미 내 몸에서 벗어나버린 심장은 아프다
내 머리 채를 움켜쥐던 몰래 왔던 바람을 겨우 달래며
내 심장을 다시 구겨 넣었다

나는 나를 오진하고 있었다.

앓이

설레는 사랑앓이
이별의 가슴앓이
그리운 추억앓이
서러운 배앓이
말 못 할 이앓이
서글픈 세상앓이

돌팔이 의사가 내린
진단명
온갖 앓이
처방전이 없어
늘 같은
그 자리

시를 쓰고 있다

시 쓰기를 게을리했더니
피부 발진이 났다
의사는 오른쪽 뺨을 보고
슬픔이 뚫고 나왔다 하고
왼쪽 뺨을 보고
상실이 커지고 있다 한다

별빛 한 시간
햇살 일주일
처방전이
어느 별에서 떨어진다.

거리로 나왔다
나체의 들풀이
자신을 보듯 나를 본다
'거리에서 시를 찾아봐
익숙한 것에서 도망치지마'
들풀은 수다스러웠다
하지만 맨몸으로 누운 자신을 밟아도
소리가 없다
가엾다
시를 쓸 수 없다.

하얀 연분홍
폭설이 쏟아진다
녹지 않는 4월의 끈질김

갑자기
몇년 전 보았던
조팝나무의 운명이
궁금해 시를 쓸까 한다

아홉살 허약한 나도 그래었다

책이 누군가의 거대한 그림자인듯
차곡 쌓인
외할머니 배경이 무서웠다
부모님 그리워요
하얀 조팝나무 산 고개에 가고 싶어요
밤마다 너무 달려 오줌을 싸고
일어나지 못했던
그때부터였던가...

나는 시를 쓰고 있다.

비정규직 사연 - 갓털

꽃이 되고픈 백발의 춤사위
제비꽃 군락 시샘에
쫓기듯 위태롭게
아스팔트 위를 난다

서툰 비행
낮은 심연으로 떨어져
한 겹의 생을 살다간 친구를 보내고
슬프게 돌아볼 목소리 조차
낼 수 없다

다시 태어나 꽃이 되어
시인의 책갈피로 생을 마칠지라도
꽃이라 불리고 싶은
위태로운 낙하
수 많아 헤아릴 수도 없는
봄이 허락해야 보이는 그 얼굴

비정규직 사연 2 - 내 이름은

불면증에 시달렸던 나날
내 자릴 찾던 날
포근한 꿈을 꾼다
가끔 넘어져 아홉 살 아이의
발에 밟히고
차가운 비바람 살을 파고 들어
청춘이 쓰라려도
따뜻하게 손잡아 주던
추억을 잊지 못한다

맑은 날이 더 아픈 날
뼈가 부서진 고통도 모른 채
내일을 알 수 없는
쓰레기통이 되었다.

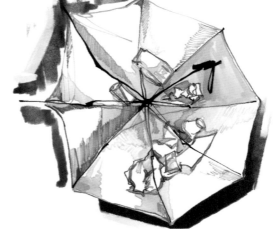

비정규직 사연 3 - 왼손

테니스 엘보
방아쇠 수지
왼손잡이신가요?
오른손잡이 여자는
의사에게 말한다
오른손잡이인데요
왼손의 숨은 일을 생각한다
어쩌면 오른손보다 바빴을 시간
여자는
왼손 엄지손가락의 통증에
묶지 못한 쓰레기봉투의
흉칙한 속내를
내려다본다.

아이들은 모두 꿈이 있다

아이들의 시간
꿈이 있어 연필이 닳고 있다
오전부터 오가는 꿈 여백마다 풀어 낸다
오늘은 어떤 꿈을 이야기 할까
태양이 소등하며 달빛이 졸 때까지
아이들은 소중한 꿈이 있어
밤새 숨겨놓은 무지개에
꿈을 놓아 시를 쓰고
시간을 베고 늦은 잠이 든다.

가시 1

지난 밤
가시를 뽑다가
밤을 세웠다
시간을 가르쳐야겠다
저 무례한 가시들에게

가시 2

다 뽑아 내었다고
생각했던
가시들
내 안에 무수히 박혀
이 밤을 흔든다
오늘 또 한편의
시를 쓰고 지우고
쓰고
내 안에 박힌 가시
여백에 가득 채워도
되살아 난다.

가시 3

떨리는 손 거친 호흡
불편하게 퍼지는
붉은 심장의 외침
진단을 내리기 힘든
정체 모를 복통의 일상
그 뒤엔 배후가 있다.

갈대

세찬 바람에도 지지않던 네가
사랑에 흔들리는구나
무딘 속살에 날카롭게 흩날리던
네 젊은날의 사랑
이젠 결단이 필요하다
흔들리든지
잊어버리든지
잊어버리든지

터널

삶을 보고 들어간 곳
나올 수가 없다
찾아든 곳
터널이 아니다
얽히고 막힌 미로다
그것은
표절이었다.

술병

아내 없이도
사랑 없이도
추억 없이도
그리움 없이도
산다던 그

금방 드러나는
허약한 나체들

토토의 하루

밖이 궁금하다
콧등을 씰룩거린다
나와 눈이 마주친다
'자유가 필요해'
낮춤말로 심술을 부리는 토토
괜스레 눈꼽만 떼어주려다
눈물을 닦아준다.

새벽기차

기차를 타고 가며
깊어가는 어둠을 본다
누구의 이야기인지
어둠 속에서 새어 나오는 불빛을
읽으려 애쓴다

너무 쉽게 그들을 삶을 읽어 낼 수 있음에
공허함을 느낀다
가여운 불빛들
떨고 있는 인생들

새벽이 아침 되어 밝아 오는 줄도 모르고
밤새 칠흑 같은 어둠과
삶의 줄달리기를 하고 있는
오늘은 누구와
이별을 고해야 할지

젖은 시계가 아침을 토해낸다.

진통제

진통제의 호의에 넘어가
의심하지 않았다
결국 독약이 된다는 것을

예술과 사랑마저 매수 해 버린다.

변신

한때는 고향으로 돌아가려 했었다
나를 찾고 싶어
자고나면 변해버린 모습이
낯설게 느껴졌다

모나지 않은 바다에
새 삶을 살아
바람은 얘기하고 있었다

어제가 되고 마는 또 다른 나
오늘은 무엇에 밀려 삶을 정리할까

프란츠카프카의 변신이 변주곡 되어
박혀 온다.

삶 - 일상은

서울 간판이 이사를 온다는 거리
간판 가게에
간판을 주문하고 나오는 길이야
색을 골랐지
글씨체도 고민했지
이것쯤이야 노련해 보이는 사장은
대박나는 간판일거라 장담하며 연신 웃는다

간판명
'대박나는 간판가게'

쓴 블랙 커피 두 봉지가 뜯겨 나간다.

내게도 마법사는 필요하다

가끔은 오즈의 마법사를 만나고 싶다
에메랄드 그 길 끝 거짓으로 꾸며진
겁 많은 마법사일지라도
그에겐 용기가 있다
고요의 폭풍이 내 뒤를 쫓아도
누군가 보내온 사자(使者)의
존재를 냉소로 거절하며
나의 걸음은 하루를 다 심어 놓고도 바쁘다
내게도 마법사가 필요하다
그에겐 뜨거운 심장이 있다.
그는 어느새 삶의 집으로 돌아간다.

이상한 나라의 앨리스

이상한 나라의 앨리스다
박사가 되면 교수가 되고
석사가 되면 강사가 되고
판사가 되면 정치를 하고
학사가 되면 취준생만 늘어나고
고시원은 매달 만원이고
장사를 하고 농사를 지으면 소외되는
재능이 있어도 재능이 없게 되고
재능이 없어도 재능이 있는
사짜가 늘어나는
이상한 나라의 앨리스다.

우리 몸은 평등을 바란다

왼쪽 고관절 통증
오른쪽을 등한시 했더니
피곤했나보다 무릎이 아파온다
발목이 휴가를 신청 한다
몸은 차별을 이기지 못하고
시위 중이다
침대에 누워
평등한 시간을 준다.

사막이 되는 곳

인간의 많은 지문들이 흔적을 남기고 찾아간 곳,
고통이 모여서 사막이 되어 있다
내 옆에 선 그림자는 사막을 동경했던
지난날을 털어놓는다

고통만 있었던 게 아니야 발을 간지럽히고
모래 속으로 파고들며 해가 진다

사연에 쫓긴 몇몇 사람들은
모래 위에 위태롭게 집을 짓고

떠난 사람들의 사연을 모아 불태우고 있다
차가운 불꽃에 나도 모르게 동상을 입고

뜨거운 연기를 덮고 사람들은
이미 추운 밤을 지새우기로 한다

나는 그림자 없이 움직이길 주저하고
앉은 자리에서 잠이 든다

밤은 모두에게 똑같은 시간이다
같은 색의 낮빛들이
소설 같은 시를 쓰며 별을 등에 지고
숨소리만 적막을 뚫는다

낮 동안 비난받던 달빛도 지쳐 잠이든다
그림자들이 서로 엉켜 자신을 찾지 못해
밤이 길어지는 사건도 있었다

도마뱀이 잘린 꼬리를 붙이다
대수롭지 않게 우리를 지켜보다 눈이 마주친다

비열한 이는 꼬리를 훔쳐
모래 위에 걸고 주술에 걸린 듯 무언가를 빈다

전갈이 어디선가 나타나 전쟁이 벌어진다
소유를 떠나온 이곳은 또 다른 소유가 시작되고

걷는 족적들이 흔적도 없이
지워지는 시간이 반복된다

바람만이 야속하다 말하는 이도
또 다른 퇴고를 찾아 끼니를 놓친다

야위어가는 눈빛이 그들을 나누고 어리석음은
모래 위에서도 시간을 아끼지 않고
놓치기를 반복한다

내일이면 찾아들 불안의 청구서를 걱정하며
그림자를 찾은 이들은 다시 모래위에 집을 짓는다.

2부

내 두통엔 그리움이
가득하다

추억은 죽고 낙서는 남아

해바라기 낯빛이 어두워질 즘이었던가
너와 나는 시멘트로 포장한 듯한
상자 같은 국숫집으로 들어갔지
한 가지 메뉴 만 된다는
이상한 건지 낯설은 건지 알 수도 없는
국수를 시키고 오물오물
깍두기 한 알을 야무지게 씹었지

어디로 갔던지조차 기억나지 않는
너와의 일기를 애써 깔깔대며
말하던 나에게
너는 눈싸움이라도 하듯 국수 그릇만
내려다보고 있었지

국수는 말이 없고 나는 울음을 숨기고
너는 지난봄 장수한다던 꼬마 자라의
갑작스러운 죽음을 생각하는 듯
말이 없었지

낙서들이 난자한 국숫집 벽을 더듬어
한 줄 낙서를 하고
국수 면발 보다 더 불어 터진 굵은 눈물을
그릇에 담아내는 너를
현무암 같은 눈을 가진 회색의 벽은
비밀을 감추지 못하고 쏟아버렸지

'우린 사랑했을까
아니 사랑하고 있는 걸까
아니 우린 이별하는 걸까
이별하기에
우린 사랑하고 있는 것이 아닐까'

그러곤 달음질치듯 가버린 너의 시간 뒤로
추억은 죽고 낙서만 남아

우린 정말로 이별하고 말았다.

비타민 네 알 - 첫째 날

이별을 통해
거짓된 베일 뒤
고스란히 아픔안고
폭우처럼 울음을
쏟아낸 어느날도

비타인 네 알을
삼킨다

사랑은 쓰다.

비타민 네 알 - 둘째 날

이별한 날도
난
비타민 네 알을 먹어더랬어
청춘이 쓰다.

진실

진실의 작곡은 쉬워라
진실의 노래는 쉬워라
진실의 시는 쉬워라

진실의 너는 어디쯤

겨울 숨바꼭질

가슴이 뛰었다
그 소리에 놀란 나를
달래본다
도망가길 바라던 그림자는
내 곁에 꼭 붙어
변심하듯 흔들린다

무엇을 하길래
어디쯤 왔길래
이 기다림의 끝이 더디게 가는 듯
내 마음 이미 동파되어 떨고 있다.

엄밀한 자아

밀어 올린 시간의
거리에서 만난 그림자
점 되어 지워질때까지
끝이 없는 이차선의 기다림
별이 데려간 자리 위에
놓쳐 버린 만남
잃어버린 동행
그것은 우연한 사고였다

무재(誣載)를 뱉는
꽃을 짓이겨 뜯는
칠흑 빛 푸른 입술
모란꽃 향기와 마주했을때
아프지만 갈대를 닮아야 했다
구부러진 표정도
읽어 내려가야 할
날선 심장을 가진
운명이었다

어디선가 중저음의 거친 숨소리
잿빛 강에 걸려 머뭇거리고
늦기 전에 내려 놓은 거짓이
평온이 잠들때
뒤돌아보지 못한 엄밀한 내가 서 있다.

사색 - 외로움

외로운 줄 몰랐어
강아지 밥을 정신없이 줬거든 ...밥그릇을 긁더라

외로운 줄 몰랐어
혼잣말이 늘었거든 ....답이 없더라

외로운 줄 몰랐어
세탁기를 돌렸거든...휑하더라

외로운 줄 몰랐어
외로운 줄 모르고
이별인지 모르고

울긴 왜 울었는지

사색 - 소풍

날씨가 따뜻해
하늘이 청량해
바람이 고요해
바깥만 쳐다보다
그렇게 맴돌다

네 생각에
하루가 가버린다.

사색 – 기다림

가을이 왔는데
분명 가을이 왔는데
하늘 담아 추억으로
너를 기다리려고
문을 열고 나가보니
스치는 바람에
겨울과 인사하고 말았네

그 기다림이란 걸
겨울 철새가 남기곤 간
날개 소리로 들려오네

그 시절 그 노래

슬픈 계절에 만나자더니
너는 이미 그 계절을 지나
내가 손잡을 수 없어
이별이 되고 그리움이 문을 닫네

너는 이제 괜찮은 거니

문턱

파란 스웨터를 입고
부산행 버스를 탔던 날을 기억한다

딸 셋 아들 하나 방 두 칸
바람은 허약한 우리집을 거쳐 갔다
아교로 붙힌 겨울은
그래도 추웠다
그래서였던가
몸 어딘가에서 열꽃들이
계속 피어났다
계절이 지나도
떨어지지 않던 열꽃

어머니 손을 잡고
그 거대한 도시에 내리던 날
나는 꾀병이라고 울음을 쏟아냈다

아버지보다 크고
하얀 낯빛을 한
머리 까만 여자의
그림자 같던 등에 갇혀
울음은 새어 나가지 못하고
일년을 살았던가

아버지 여긴 웃음은 시장하지 않나봐요
값비싼 침묵이 흐르고
윤기나는 식탁보다
가난한 매 끼니가 나 때문인 것 같아
어른이 되어버렸다

어머니 여기 밤은 더 깊고 어두워요
드르르 밤새 들리던 소리에
허상(虛像)들과 마주했던 그 날을

나는 아직도
문턱을 넘지 못하고
살고 있다.

태양과 달 사이

나의 동쪽 너의 서쪽
눈부셨던 매일을 덧칠해도
늘 엇갈린 만남으로
서로를 지켜주지 못했다

너무 먼 너와 나의 거리
그 아득할 것 같던 계절이 다할때쯤
계절은 그림자만 남기고
나는 동쪽 너는 서쪽
우리사이 너무 아득한 그리움사이

무지개를 뱉어 낸
젖은 햇살 끝자락을 여미어 보지만
자유와 방종의 시간 사이

내 몸이 헐거워지면 너도 헐거워져 별에 잠들고
너와 내가 죽어 이름을 잊어 창을 닫을때
잊기로 한다 슬퍼지기전에

첫사랑

솔직히 고백하련다
사랑을 한 건 아닌지도 모른다
어쩌면 거짓된 주제로
순수를 위장한 네게
잠식당했을 수도 있다
무해한 쾌락이란 없다
첫사랑이라 부르지 마라

창-1

다 알 순 없었어요
다 볼 순 없었어요
그대가 보여주려 한
낯익은 어린시절의 향수
낯설은 도식화 흠뻑 안은 향기를

모두에게 사랑 받고 싶었어요
하지만,
결핍되어 버린 쓸쓸함
붉은 안개속에 던져진
두근거리던 먼 시선
짝사랑이었어요

모두를 사랑하고 싶었어요
문을 두드리는 심장이
온 몸에 스며들던
잊혀지지 않는 수채화의 꿈
하얀 낙엽속에 새기고 싶은
첫 사랑이었어요

시선을 돌리기엔
이미 굳어버린 애정의 깊이가
나를 멈추게 했어요
나를 책망하지 말아요
다 알 순 없었어요
다 볼 순 없었어요.

창-2

틈이 없다
아날로그 작은 불씨
아직 깨트리지 않은
혼자라는 작은 세상

오랜 시간이 지났다
별처럼 떨어지지 않을
고독에 짓눌린
혼자라는 작은 세상

소란스럽다
수선화 향기에 취해
내 안은 늘 분주한 비밀의 화원
순연한 그리움

사랑이라 열어 둔 적 있다
뜨겁게 때론 차갑게
식어 두드리는 진동
실금처럼 갈라져 깨어질까
모질게 붙여
오롯이 나만이 다시 가둔 순수

풍요는 늘 밖의 세상
바람이 가져 오며
긁힌 흔적들
바람이 가져갈
더 많은 슬픔, 사랑들
누군가의 노래

나만을 품은 나와
세상을 품은 그의 사이
지키고 선 시간 속
오늘도 페이지를 넘긴다

창-3

얼마나 고뇌했던가요
많은 것을 담기위해

얼마나 인내했던가요
굳은살 베기며 지켰던
시간

헐거워진 틈사이로
비집고 들어온
이방인 있어 밤을 설쳐도

이젠 용서하세요
이젠 밀려날 나를
놓아주며
그 마지막
쓰다듬은 따뜻한 손길

그렇게 마침표를 찍어야죠
오래전 누군가처럼

쉼표

숲을 가지고 싶다

지난 밤 나무에 걸었던 소망 하나
바람에 날려 날아갔다
별빛 놓친 새벽
슬그머니 아침을 바삐 열어
또 하루 잊혀진다
매일 빗는 얼굴
어디에도 없어
시간을 놓을 수 없다
도시 속 나비

더는 꽃을 찾지 않고
등돌린 시선만
휘청이며 삶을 찾아
빌딩을 오간다

숲에 가고 싶다
가는 길에 절망을 버리고
햇살 가득 품어
하룻밤 눕고 싶다

사계절 혀도 말을 잊어
초록 잎 되고 꽃이 된다지
무수한 언어 꿈이 되는

그 숲을 가지고 싶다.

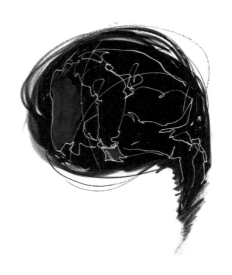

내 두통엔 그리움이 가득하다 - 영주

두통이 내내 시간을 찢어 놓을 때면
그리운 것들이 이유를 만들고
열세 살 연탄가스를 마시고 죽은
소녀가 생각난다

담 하나를 사이에 두고
달이 뜨고 별을 세며
시간을 나누었던
얼굴 뽀얀
초승달 눈의 아이
영주

소녀의 죽음이
늙은 느티나무 아래까지 전해졌을 때
할머니의 넋두리가
장승곡 되어 담을 넘어왔다

사주를 보았단다
열 세 살이 넘기 전 어머니와 살면
죽는겨...죽어..라던
용하다던 무당의 말에

시골로 전학 온
하늘색 물방울무늬 원피스
도시물 먹은
빨간색 가방도 예뻤던
그 소녀

여름이면 멱 감고
산딸기 가시에 찔려도
시골의 맛에 웃고
보름달이 너무 커 떨어질까
조마조마 다리밟기 하며
계절을 나고 또 보냈다

엄마가 너무 그리워
몇 날 며칠 베개 잎을 적시던 어느 날
열세 살 소녀는
담 하나를 사이에 둔 그 집을 떠났다
그리곤
다시는 돌아오지 않았다

속살하얀 이를 드러내며
하늘 물 먹은 옷 입고
하얀 날개옷 입은
그 소녀가

가끔은 꿈속에서
내 그리움과
함께 한다.

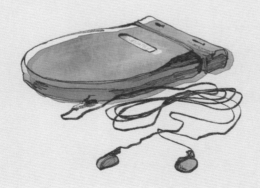

아버지의 소파는 사계절이 편하다

내 유년 시절
아버지는 유명 배우 같은 모습으로
사계절을 노동으로 살으시고

내 십 대 시절
아버지는 얼굴에 짙은 상처를 남기며
사계절을 노동으로 살으시고

내 나이 스무 살을 건너 갈 적엔
아버지는 유명 배우의 풍요로운 모습과 달리
광대 및 움푹 그늘이 드리우신 모습으로
사계절을 노동으로 살으시고

내 나이 서른을 지나 사십을 살아갈 적엔
아버지는 하얗게 센 머리
마른 손가락 마디마다 주름이 나이보다 채워져
사계절을 노동으로 살으시고

언니 집에서 건너온
아버지의 소파는 사계절이 편하다
혼자 편하다

쉼

할머니, 까마귀가 울어요
쫓아 버릴까요

아가야, 까마귀는
누군가 쉬게 하려고
밤낮없이 우는 거란다

편안히 미소 머금으시며 잠드셨던 할머니
까마귀 쉬어간 날
꽂으셨던 은비녀 곱게 놓으셨습니다.

어머니의 무릎

어머니의 무릎은 시장한 때를
넘기시고 삐거덕 거린다
손수 만드신 두어 평 남짓한 비닐하우스에
어머니의 끼니 대신 메주가 걸리고
돌아앉은 자리가 때마침 반찬이다
교복을 입고 녹슨 대문을 들어설 때면
어머니의 삐거덕 무릎 소리가 마중을 나온다.

아버지의 자전거

아버지의 자전거는 내 자가용이었다
십 리 길을 달리고 달려
어린 나는 아버지의 자전거가 멋진 자동차보다
자랑이라 아버지가 자랑이라
철이 없이 열두 살이 되었다

아홉 살 큰댁에서 나는 반년을 넘게 살았다
아버지가 귀하게 사다 주신
눈이 큰 금발의 인형 정말 좋았더랬다
그리운 아버지 어머니 다녀가신
추억이었다

머리카락이 빠지고 옷이 해어져도
열네 살 내겐 여전히 예쁜 인형
못 찾아 추억이 사라진 듯 밤이 함께 울었다

나는 여전히 운다
인형이 없어서 자전거가 없어서도 아니다
아버지의 자가용도 못되고 효도도 못해

아직도 쉼이 없으신 아버지의 등이
유년시절 자전거 의자에 앉아 바라봤던
넓은 아버지의 등이 아니라 운다.

가로등

산이 달빛을 등에 업을 때쯤
두 칸짜리 시골집
백열등에 의지했던 깊은 밤
기다림은 어둠을 뚫지 못하고
차마 대문을 나서지 못하던
어린 소녀는
알지 못했던 너

쓸쓸한 내 창과 바쁜 일상 속의 너
기다림은 어느새 네 곁에 머물고
두 개의 시선 사이에 서 있는
어른이 된 소녀

낙엽 같은 일상들이
거리에 나뒹굴고
늘 같은 옷매무새로
사랑을 잊어 애증도 속절없이
이름도 잊어 인사도 하릴없는

너는
젊음을 지키려는 한 줄기
시간의 모순
거대한 불면의 도시가 돌아눕고
찬연한 내음이 고개들 때
의문을 잊은 죽음 되어
차디차게 사라지는 통증없는 통증

내가 살던 고향엔 볼 수 없던 그림자였다
내가 살던 유년엔 가질 수 없는 풍경이었다.

소녀

벗꽃이 향기가 없다는 걸 알게 된
소녀는
얼마나 울었던지

누군가는 사춘기라하고
누군가는 바보라고 한다

작은 몸무림에도 흩날리는
새 하얀 꽃잎
누군가는 창백한
소녀를 닮았다고 한다

소녀는 향기 없이 거리를 뒤 덮은
그 꽃잎이 너무 슬퍼
다시 태어나면
바람이 되고 싶다한다

그 누군가도 닮기 싫던 소녀는
어느새
깊은 밤이 되어버린다.

위로

울고 있는데
울고 있는데
울고 있는데
울고 있는데

내 곁에
가만히 앉아 있는
너의 그림자

까치밥

할머닌
창호지
앉은뱅이 창을 여셨어요
조용히 까치밥으로 남겨 놓으신
빨간 홍시를
바라보시며
까치가 다녀가시길 기다리셨어요

할머닌
그냥 독백이셨어요
오해한 까치는 빨간 홍시만
다 먹어버린 게 아니었어요

회색 담벼락도 그대로인데
내 키보다 높은
대나무 노래도 멈추질 않고
불꽃 되어 탈 연탄도
제 순서를 기다리는데

까치가
빨간 홍시만 먹은 게 아니었어요
할머니는 그저
조용히 눈물만 흘리셨는데
까치밥 보이지 않던 그날
깊은 그리움이 되어버렸어요

내 친구 은희 - 터널에서 나오다

은희야
누군가 가엾다고 토닥여 주면
좀 참아줄까
좀 잊어줄까

은희야
누군가를 밀어내며
냉정하게 얘기하면
좀 참아줄까
좀 기다려줄까

병원 문을 나서는데
거울이 위로하며 건네는
'세상에서 가장 빛나는 당신'
부정하며 버린 그 글자 위에
홀로 새겨지는 세글자
'우울증'
현서야 참지마

현서야 어둠을 기다리지 말고
현서야 그리고 잊지마

'너는 정말 세상에서 가장 빛나는 사람이야'

* 세상의 모든 이에게 은희가 있었으면, 은희가 되어 주길 바라
며....

길

한 아이가 길 위에 서 있다
오래전 어른이 되어 버린 아이

바람이 일러준 그 길 위에
길어진 나신의 상처들을
어디쯤 묻어 두었는지 찾지 못해
돌아오지 못한 채 서 있다

한 여인이 길 위에 서 있다
오래전 아이가 되어버린 여인

늦은 겨울비가 일러준
봄이 온다는 매화꽃의 약속
그 길 위에
무명(無明)을 걸치고
돌아오지 못한 채 서 있다

한 아이가 길 위에 서 있다
겨울을 사랑해버린
쓸쓸한 들꽃을 찾지 못해
돌아오지 못한 채 서 있다

한 여인이 길 위에 서 있다
푸른 석양이 뱉은 파문(波紋)에 속아
억새꽃 떠미는 작은 풀꽃 소리에도
돌아오지 못한 채 서 있다

어디쯤 그 아이를 마중 나가야 할지
언제쯤 그 여인을 만나러 가야 할지

이제는 떠나와야 하는지

갈라진 그 길 위에
밤을 지새운 모래시계 하나 세워 두고
뒤돌아서 있다.

---

*무명(無明):불교 십이인연의 하나, 잘못된 의견이나 집착때문에
진리를 깨닫지 못하는 마음의 상태.
모든 번뇌의 근원이 된다.
불교에서는 무명(無明)을 멸각함으로서 인간의 고통은 소멸 될 수
있다고 한다.

떨어지는 낙엽이 아프다

창문에 부딪히며
떨어지는 낙엽들이 아프다
더 붙잡고 싶은 욕심도 내 비치지 않고
이리저리 시간 속에서 뒹구는 낙엽들은
차가운 땅속에 자신의 한 인생 이야기로 남긴다

그리곤 흙에게 고해를 하겠지
한 생을 불타오르듯
살았노라고
섞어 없어져 당신의 일부가 된다 해도
행복했노라고

올해의 가을은 유난히 쓸쓸했다
단풍이 너무 아름다워서였을까

눈이 시린 건,
아름다움에 통념적 가치를
부여하기가 서글펐을까
도식적인 눈을 갖고 있을지라도
가치는 아름답기 때문에 부여된다는 의미를
낙엽의 생을 통해 읽고 싶었다

가을 끝에
겨울을 준비하는 나도
버티는 나무가 되어 있다는 걸
낙엽을 보며 느끼고 있음을 묻고 싶었다

내 세월을 나이를
짙은 회색 구름이 오늘 더 서럽다.

Angel Queen

딸이 네 살이었던가
텔레비젼에서 ' Angel Queen' 노래가 흘러나오며
끝없는 우주 속으로 관 하나가 떨어진다
작은 몸의 딸아이는 굵은 눈물을 쏟아내며
소리까지 슬프게 울었다
딸은 무엇이 그리 슬펐을까

한 번은 아기돼지와 나무 한 그루가 나오는
동화책을 읽어주던 때였다
나무 한 그루가 태풍에 꺾여
그루터기만 남는 이야기였다
딸아이는 그 책을 볼때마다
세상이 떠나갈 듯 울었다
딸은 무엇이 그리 슬펐을까

울음도 무척 소중했던 시절
까마득하게 잊어버리고
돌아보니 만화와 동화책을 보고 울던
예쁜 내 딸을 무엇에 나는 지쳐 아니 미쳐
공부해라 빨리자라 이거해라 저거해라

얼마나 울렸을까 힘들었을까
목화솜처럼 하얗고 부드러운 얼굴에
웃음만 걸리어라 행복만 걸리어라
내 플레이리스트에서 ' Angel Queen' 흘러나온다
엄마는 이제 진짜 엄마가 된다.

내 머리가 한창 자랄때에
우리는 서로에게 안쓰러운 존재였다고 생각합니다.

당신에게도 나에게도 활자는 사무치는 존재였는데
그때 우리는 사무침을 불태워 탄환으로 썼습니다.
타이핑을 두드리는 소리가 우리의 발포음이었습니다.
활자만이 나의 탄환이었습니다.

여전히 우리는 이따금 다투고 활자를 사용합니다.
그 어떤 총탄보다 당신의 활자가 아픈건은,
여전히 그것이 가장 사무치게 사랑스럽기 때문일 것입니

당신의 글이 내 첫 시詩였던 까닭에
당신의 글은 나의 영원한 첫사랑입니다.
서로의 우월과 분노가 서로의 글에 묻어나와도
이제는 이해할 수 있으니, 멈추지 말고 글을 쓰세요
바다처럼 막힘없이 흐르세요.

엄마에게.
2023. 10. 21 악기.

98

재활

사라진 내 근육을 살린다
무너진게 마음인지 근육인지 의사는 말이 없다
내게 버려진 주사바늘이
몇 개인지 세는 걸 포기했다.

시디플레이어의 기억

*사람에게는
파멸보다 변심이 더 고통*이래
너의 노래에 짙은 낙서를 하며
너의 시를 쓴물에 삼키며
너의 뒷모습을
피아노 건반 위에
죽을 힘을 다해
올려 놓았던 내 모습은
세월보다 더 늙어
누군가 조소 섞인 말을 하던 날
나는 그저 과거가 되고 말았어

계절을 잊은 비가
무심하게 쏟아지던 어느날
레드버드의 Sympathy의 노래가
한숨 소리처럼 들리던 날
나는 그 계단을 오르고
너는 그 계단을 달음질치듯 내려

―――――――――――――――――――――――

*인용 : 인간적인 더 인간적인 - 니체

사라질때
우린 그렇게
추억이 되어 버렸지

가끔은
너와의 시간이 그리운건지
그때 우리가 들었던
노래가 그리운건지
변명만 늘어놓는 나와 마주할 때

난 알고 있었지
아직도 너를 기억하고 싶어한다는 것을..
사랑이 그립다는 것을

나는 매일 나이팅게일과 만난다

시계를 보는 일이 잦아들었다
밤이 깊어서가 아니다
밤에 쉽게 스며들지 못한다
나는 병상에 누웠다

새벽4시
새벽 3시
시간은 거꾸로 나를 보고
통증은 잠도 구속해 버리는
능력자다

건방을 떠는 허리
동정을 바라지만
두통이 조각난 목소리로
이건 게임이 아니야
잔소리를 퍼 붓고
고통의 주인공인 나는 도망치듯
누군가를 찾아
소리만 밖을 맴 돈다.

연(戀)

그 해 봄 진자 운동
심장과 심장이 맞닿았다

통도사 홍매화 몸살 앓듯
붉은 얼굴로 서성거리다
다만 그의 어깨가 필요했다

거리의 난전을 뒤로하고
발등에 보이는 그리움만
구겨 신고 달음질쳤던
잊지 못할 처음 사랑

비어 있던 일기 속
떨리던 황홀한 고백의 멍 자욱
스물다섯
해일같이 찾아온 운명

질투에 눈먼 전갈자리의
거짓 서시에 속아

그의 손을 잡지 못했다

시에 빠져 죽어버린
기억은 이미 휘어져 떠오르지 않고

다시 찾아선
잊지 못할
지나가 버려 먼저 이별한
다시 보고픈 그 사랑
마지막 겹겹이 쌓인 그리움

내 곁에 영원히 있지 못해
그리움이 된
그 이름

소망

살고 싶다
이름 있어 불러지며
시간 속에
사라져가는 육체를
남아 있을 이별을
내어주지 못해
살고 싶다

빛나고 싶다
아직도 깎이지 못한
고독을 남겨 둔 채
작은 모래알로
빛나고 싶다

그 속에 긴 세월 담아
바람에 물결치는 삶
파도의 첫사랑 되어
그 곁에 눕고 싶다.

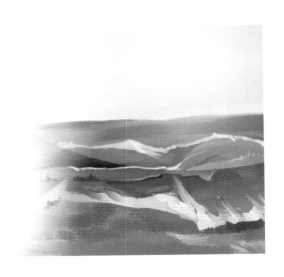

어머니는 늘 그렇게 살아오셨다

오늘 3월 9일
유통기한이 3월 8일인 식빵 한 봉지를 놓고
실갱이가 벌어진다
냉동실에 두고 먹겠다는 어머니
냉동실은 자식들이 들고 온 일상이
봉지봉지 쌓이고
주름 깊은 얼굴에 함박꽃 피어오른다

어머니는 늘 그렇게 살아오셨다.

4부

때론 꿈도 주인을
찾아간다

붉은 오해

눈부신 너의 인사
화려한 너의 작별
매일 다른 날을 살아도
너는 한결 같다

그건 오해였다

나를 떠났다
밤마다
가슴이 울렁증을 느낄때
난간에 올라선 견딜 수 없는 시간

알았다
너는 등지고 나를 외면한 것이아니라
외로워서 잠이든 것이란 걸
붉은 얼굴로 마주했던 매일이
나를 향한 사랑이었다는 것을

끼어든 바람은 미련 없이
한낮 여우비 같이 잊혀진다는 것을

바람이 이렇게 아플 줄
너는 몰랐다

오해였다
붉어진 너의 얼굴을 마주한 날
너의 눈물을 보며 알았다.

노을을 보며

동백

불꽃되어 터진다
소리없는 속삭임 향기없는 이끌림
붉어진 볼처럼 터져오르는 청춘의 만개
너의 지고지순 젊은 날의 사랑
향유없이 기다림만 있는 나
서투른 성애낀 편지 날려보내도
베르테르의 순정으로 속삭여온다

온몸으로 낙화하는 이별에 가쁜 숨결 멈추고
채이는 발자국의 예정된 짓눌림에
하나둘씩 아스팔트의 그림자로 돌아가는
내 마지막 사랑 내 마지막 연인

늪, 미완의 수채화

먹구름 가라앉은 수묵화 같은 너의 나체
소리 없던 잔뿌리들이 얼굴을 드러내고
안갯속으로 뚫어지듯 걸어 들어간 아침은
숨겨진 비밀을 풀어내듯 바람의 뼛속까지 유영한다

남 몰래 잉태한 생명은 서투른 사유를 시작하고
네가 흔들었던 나무는 그림자도 없이 꼿꼿하다
깊이를 가늠하기엔, 나는 배움에는 약한 잔뿌리
그저, 소용돌이 없는 물결 속에 하루를 버틴다

상처가 깊었나 보다. 발끝까지
파고드는 부종에 제살 인냥
여기저기 흉하게 자리를 잡고
사랑이 깊었나보다. 엉킨 세월만큼 모든 걸
불러 세운 강단에 걸지도 못할
서투른 붓질에 미완의 수채화 되어
들추기도 부끄러운 불 빨간 습작들

사랑은 상처를 너무 몰라 늪은, 오늘도 내일의
첫 사랑이 되길 하늘에 걸린다.

님 - 목련

바쁜 일상에 묻혀
님과의 추억도 없는데
봄을 온전히 사랑하고 떠나셨나요
아직은 쌀쌀한 길 위에
왜 벌써 말없이 드리워지셨는지
묵묵히 밟고 가는
그림자들 위로
내 아픔 하나 더 보태봅니다.

님 - 벗꽃

꽃단장하시고
하얀 분칠 하신 내 님은
연인들의 밝은 노랫소리에
하얀 곤지 연지 흩날리십니다

설레는 가슴에
님을 안아 봅니다
아~늘 한결같으신
따뜻한 나의 님
질긴 인연
다시 만납니다.

님 -개나리

내 님은 웃음이 많으십니다
나를 보며 내내 웃으시는 님
태양도 시기하며
흉내 내려 합니다

노란 손 가볍게 흔드시며
급한 걸음 재촉하는
수많은 사연들 불러 세우십니다

낯설게 부딪히는 시선들과도
아름답게 작별할 수 있는
님의 소박한 풍경이 있기에

행복은 이미 저만치서
나를 기다리고 있습니다.

탄생

면 이불 곱게 널어
따뜻한 내음
속삭이는 햇살 받으며
너를 기다린다
핏덩이 울음 약속처럼 쏟아내고
눈물도 웃음 되어 쏟아낸다

숨결조차 사랑이고
작은 움직임이 떨림 되는
미룰 수 없는 만남
놓칠 수 없는 사랑
가장 아름다운 떨림으로
온몸의 모든 피가
불꽃으로 점화되는

가장 조그맣지만
가장 아름다운
가장 소중한 만남

달빛의 문장

가을의 달빛에게
빛소리 하나 받아 들었던 날
한 평도 되지 않는 뜰을 가진 들꽃은
이름을 짓고 있었다

언젠가 이름을 묻는 이에게
눈물을 보이던 들꽃이 가여워
연민인지 동정인지 모르게
쓸쓸하게 잘린 몸을 버티며
지키던 너를
나는 눈치채고 있었다

어린 별빛에게 자릴 내어 주며
새벽에 실려 보낸 문장 하나 던져 놓고
오늘은 이별을 하자
써 내려간 편지 뒤 달빛이 흘린 자국 하나

'너를 사랑하나 봐'

들꽃의 이름도 달빛도 없는
그리움만 엉킨 새벽이
꿈을 깨듯 받아 적어둔다.

바람과 매일 이별하고 산다

바람이
햇볕 아래 누워
그동안의 고뇌를 쏟아낸다

햇볕은 오랜 동행자
포근해지는 바람의 그림자
성큼 뛰쳐나온 나의 입김에 놀라
뒷 걸음치다 눈이 마주친 바람
서로 코웃음을 친다

바보인가 보다
눈물이 왜 나
바람이 큰 얼굴을 들이밀고
같이 글썽이며 안아준다
언제나 그렇듯
너는 따뜻한 이인데
안아주려 애쓰는 이인데
언제나 그렇듯
고의는 아닐 듯한데
나는 시간은 삼키며

나는 울음을 토하고
몸이 떨려온다

오늘
만난 바람은
과거가 되고
바람과 나는
매일 이별하고 산다.

겨울이 봄에게

네가 옴에
나는 급히 서둘러 채비를 해야만 했다
나는 긴 시간 칼날 같은 비명 지르며
낮은 하늘 끝에 매달렸다 떨어졌다

밀쳐내는 가지 끝마다
뿌리치는 손들을 붙잡고 나를 불태우고 싶었다
고요함을 위장한 전설이 되기 위해
유난히 반짝이는 별들을 하늘에 박아 놓았다
위선은 아니었다
나도 때론 외로움에 어둠을 데려오다가도
높이 우는 파도에 몸을 맡기기도 했다

나를 태워다오
나를 품어다오
얼음 같은 바다여
간절한 비명일지라도
한 몸 되어 부딪히는 파도에
전설은 갈 곳을 잃고 묻혔다
멍든 몸뚱어리 안고
나는 어느 하늘에서 잠자야 하나 방황도 했었다.

기꺼이 슬퍼하는 바람 없이
돌아누워 잠자는 산에게
너의 소식을 듣는다
너의 안부를 묻지 않아도
물은 고요히 웃기 시작하고

아직은 고르지 못한 숨을 내쉬는 땅도
조용히 인사를 건넨다

이별을 슬픔이라 기억하지 않는 건
가야 할 때를 아는
현명한 자의 여유라고 해 두자
너에게 나는 지난 시간이 되어 버리겠지만
내가 있어 네가 있음을
삶처럼 기억하길....
바람에게 실어 보낸다.

때론 꿈도 주인을 찾아간다

내가 사는 집과
네가 사는 궁전은 다르다

오늘 또 한 집이 깊은 바닷속으로
빨려 든다
이미 늦은 때
주소 없는 바람에도 녹 슬고
깊은 시름을 앓던 대문

파도가 깨진다
실바람 흔적도 없는 곳에
파도는 흔들린다
누추한 누군가 발딛고 서
또 하나 둘
끝없이 밀려나
파도는 알아챈다

네가 사는 곳엔 궁전이 있다

내가 꾸는 꿈엔 장미덩쿨 흔적도
내가 꾸는 꿈엔 창을 여는 낮은 햇살도
풍요를 노리는 거미의 곡예도 없다.

내가 사는 집과
네가 사는 그 곳은 다른 여백이다

때론 꿈도
주인을 찾아간다.

기대어

하늘에 기대어
나를 내려다본다
잿빛 호흡 속
숨기고 싶은 윤회의 사연들
하늘에 기대어 잊으려 한다

바다에 기대어
나를 바라다본다
뜨거웠던 열정을 숨기고
과거를 간직한 채
석양의 얼굴로 돌아누운
바다에 기대어 잊으려 한다

너에게 기대어
또 다른 누군가를 찾으려 한다
날카롭게 느껴지는 너의 시선
세 갈래의 길 어디에 기댈지
불현듯 사라지는 그림자의 뒷모습
온몸으로 버티다
결국 돌아가고 마는
너의 어디쯤
나의 어디쯤 기대어

청춘더하기 – 12월이 지나면

돌아보니 겨울이 서 있다
적막한 안갯속 요란한 빗줄기는
흙빛 쓸쓸한 담요를 덮은 듯하고
눈이 온다는 일기예보는 오보였다
눈은 안개를 뚫지 못하고
언제쯤 고요한 적막을 뚫고
발자국을 남길까

방문을 걸어 잠그고 기다리던
외롭고 쓸쓸했던
사소한 하루가 지나가고
길 잃은 안개를 품고
겨울은 여전히 겨울로 남아
십이월은
청춘을 더하며
익어간다.

지극히 사소한 -#장면1

오늘
나도 울고
너도 울고
키 작은 불빛들 모두 울어

세월에 물들어
불빛도 커져
색이 선명한 하루를 약속하고
밤을 삼키던 석양도
사소한 일상일 줄 알았다

슬퍼서 기뻐서였든지
기억나지 않을 나약한 것들에
쉽게 잊혀져 그 사이
불빛은 커져 가길 꿈꾼다

지극히 사소한 노래
지극히 사소한 눈물
키 작은 불빛 깊은 밤을
안아주지 못했다

더 아파야
더 울어야 할 약속만
가로등 하루살이 죽음처럼
매일매일 되살아 나고 있다.

지극히 사소한 -#장면2

오늘
나도 웃고
너도 웃고
키 높은 하늘도 웃어

아이들 목소리 구름과 짝 되고
숲을 누비고
그리운 동무가 보내온
사소한 이야기 손깍지 낄때
작은 궁둥이 원 그리며 모여든다

그래도
키 작은 이 숲엔
사소한 기쁨
사소한 행복
매일매일 서두르지 않는
물푸레나무처럼
되살아 나고 있다.

하늘을 본다는 것

하늘을 본다는 것
외로워서가 아니다
나 자신의 유혹을 이기지 못해
하늘을 본다는 것
나약한 나를 쫓기 위함이다

하늘을 본다는 것
고독해서가 아니다
때론 나도 섬에 갇히고 싶어
하늘을 본다는 것
구름 한 점을 응시하며
내가 지은 섬을 사유하기 위함이다

하늘을 본다는 것
하늘이 동행함을 알기에
하늘을 본다는 것
삶을 사는 것이다.

거미 - 일인칭 주인공시점

나는 그들과 달랐다
어디에 있든 이방인이었던
어제와 오늘
노을을 잔뜩 등지고 도착한
꽃 향기 가득한 마당
붉은 꽃
기백 있는 맨드라미의 호기심에
죽어간 사연 듣고 싶어
그들의 이웃도 집을 내어 준다

여름 눈물 머금고
초록의 사유 즐기고 있던 날
눈물마저 탐이 난 걸까
침입자!
그물 같은 큰 날개 힘을 잃어
또 하나의 욕망이 죽어간다
벗어나려 할수록 엉켜버려
덫에 갇힌 초점 잃은 나약한 눈동자
나는 그들을 찌르지 않았다

모시 저고리 곱게 다려 입은
낯설지 않은 여인이
앙증맞은 손 잡고 나를 바라본다
복숭아빛 볼이 연신 실룩거리는 소녀
하나의 이야기가 될 시간을 지켜본다

그들은 나를 헤치지 않는다
너는 잘못이 없다
닮은 두 눈동자가 얘기하고 있다.

상처는 향기를 만든다

후회를 하려거는
사랑을 하고
사랑을 하려거든
상처를 보고
상처를 보려거든
향기를 만들고
향기의 시선이 모여
상처를 안고 사랑을 만나
후회가 남을지라도 향기가 된다

사랑을 하면

사랑은 도피가 아니다
너는 거기 어디쯤
나는 여기 어디쯤
추억의 공간이 흩어질지라도
사랑을 하면 사랑으로 살아가면 되지
이별은 슬픔이 아니다
이별을 하면 이별의 어디쯤
추억의 공간이 깨질지라도
치유를 짊어진 사랑이 너를 찾을테니

7월의 상실의 사랑

왜, 하필 7월의 햇살 그 눈부심이
당신의 눈동자를 흔들었는지

왜, 당신이 살았을 긴 이야기가
소나기처럼 내 순수한 삶에 젖어 들었는지

왜, 그날 우리는 첫눈에 사랑을 알면서도
사랑이라 말하지 못했는지

왜, 욕망도 욕심도 없이
그 여름날 작별을 먼저 알게 되었는지

처음으로 먼저 사랑하고
아직도 잊지 못하는

여름날 매섭게 울어대던
풀벌레 소리보다
먼저 진 사랑

나를 보던 깊은 눈동자
그 눈부신 흔들림
길가에 칸나 꽃 무심히
흐드러지게 흩어놓고
떠나버린

보고 싶은 상실의 사랑

그림자

어차피
하나인 사람
부지갱이 같은
가녀린 몸 하나 지탱하다
시든 노을에 오늘을 잃고
별들의 방언에 속아
영혼까지 태워지는
숨은 삶

의지 없는 삶을 살다
이름 없는 삶을 살다
잊혀질까 않고 있는
부풀리고 떨어지고
찢겨지고 사라지는

몸뚱아리

관객 되어 지켜 볼 수도 없어
같이 울고마는
고개숙인 그 이름

5부

안갯속에서 안개를
바라보다

재활병원에서

짙은 회색의 상자
입구에 나와
하늘을 본다
파란 하늘을 가만히 본다
맞은편 장례식장엔
어느 죽음 하나가 도착한다
파란 가을 하늘 아래

304호실 그녀의 이름

그녀의 짙은 주름과
하얗게 센 머리가
울먹이며 울음을 쏟아낸다
그녀의 어눌한 말이 나이를 가늠 할 수 없다
30대에 과부가 되었다는
그녀 나이 이제 고작 60

70대의 의사에게 할머니라 불리며
가엾게 늙어버린
너무 아파 마음 너무 아파
손을 잡고 울던 날
그녀의 이름이 기억나지 않아
밤새 뒤척이며 찾아낸 이름에게
미안해요 미안해요
그녀의 잃어버렸다는 틀니가
새벽녘 꿈을 두드리며
자라 아가야 아가야

그녀의 이름을 기도처럼 적어 건내며
고통의 부재를 소포처럼 딸려 보내는 꿈을 꾼다.

괴물 컴퍼니

괴물 양복을 입고
괴물 시계를 차고
괴물 구두를 신고
괴물 자가용을 타고
출근을 하는 사람들

괴물컴퍼니
괴물 책상 앞
고개 든 당당한 사람들
우린 사람이다
고개가 차츰차츰 내려지고
그들은 또 어디론가 사라진다.

그림자의 억압

겨울 틈을 비집고 들어가 줄을 섰다
많은 인파들이 욕지거리를 헤대고
경매를 하듯 소란스럽다
몇 십 년은 족히 먹어 헤진 모자를 쓴 70대 노파가
떨어지는 쓰레기를 긁어모으고 있다

우리 할머니, 할머니의 뒷모습과 닮아있다
어둠이 드리운 인파들도 서로 닮아 있다
나도 그들과 닮아 있다
경매에 붙은 그림자들이 하나둘씩 팔려 나가고
재주 없는 젊은 청년은 그림자를 업고 나간다
내일은 어느 장터에 팔아야 하나

용하게 타로 점을 본다는 여자가 점괘를 내건다
오늘 다녀간 이들도 알고 있다
어차피 모두 떼어낼 수 없는 그림자 하나가
목을 조르고 매일이 희극인듯 비극이다.

악마는 누구의 손도 잡지 못한다

너의 연기는 어둠을 품고 있다
이제 첫 무대를 마친 배우처럼
떨리듯 관객을 바라보는 거짓된 너의 모습
검붉은 빛은 욕망을 품고
누군가의 삶을 피투성 속으로 던지기 위한
허위의 가림막을 읽지 못하는
의자에 박힌 사람들
너는 하수를 찾으려 그들에게 손을 내민다
하지만 주연을 거부하며 사라지는 사람들
육체와 영혼에 힘을 품어 너를 거부한다
악마는 누구의 손도 잡지 못한다.

 우리가 사는 곳, 우리의 삶이 평화롭고, 억울한 죽음도, 싸움도 없
이 행복이 가까이 있었으면 좋겠습니다.
 악마와 손 잡는 이가 없기를 바라며…

고해

오늘 다녀가야 할 이는 흔들림이 없다
어제의 그 치열이
오늘의 비열함 되어 돌아와도
그는 고해하지 않는다
기다리는 이는 흔들림이 없다.

단지 오늘,
어제의 그가 지키고 앉았다.

손톱

지난밤
머리채가 잡혔던 여자에게
나이만큼 묵은 욕을 해댄다
세상 돈이 좋다지만
내 돈 어디 두고
손톱에 화장을 했다는 그 여자
사장 마누라란다
평생 만 원짜리 옷도 마다하는 노인은
여자의 보석 박힌 요란한 손톱이
몸서리쳐졌다

시집오고 평생
새까만 흙 때가 가실 날 없는
칠십을 넘긴 노인
화장 한 손톱이 역겹기만 하다
과신했던 그 여자의 손톱에
비틀어지고 생채기가 난
새까만 손톱으로 저녁을 준비하는
우리네 위장이 더 배고프단다

더 요란하단다

여자는 네일아트 불빛 아래
사거리 유행 속 화장(化粧)을 받고
노인은 거짓 없는 위장에 화장(化粧)을 한다
흙물 든 손톱 밑 단단해진 근육들이
연신 실룩거리며 밥을 푸고 있다.

로드킬, 어린 두 고양이의 죽음

기다림이 너무 길어
가을이 깊게 패였다.
늦은 걸음하는 겨울 앞에
어미를 못 찾은
작은 생명이 함부로 뛰어든
낙엽보다 먼저지고
쏟아진다
쏟아진다
눈부셨던 자태는
수의되어 쏟아진다

빛날 오후면
흔적도 없이 씻겨 갈
두 그림자
내일이면 잊혀질
자화상처럼 지켜본다.

인공눈물

눈물이 잦다
누구는 가식이라 하고
누구는 연기라 한다
눈물이 난다.
슬퍼서 우는건지
아파서 우는건지
따지고 싶지 않은 눈물
작은 몸에 혼신을 다해 쏟아내고
버려진다.

금지된 미움 - 무죄

매일 밤 몰락하는 가로등 바라보다
미움이 무엇인지 시를 쓰기 시작한다

떠올리기 싫은 얼굴 며칠 전 사다 놓은
말린 고사리처럼 엉켜 뜯겨지지 않는다

심장이 빨리 뛸 때면 미움은 살아나
엉킨 고사리처럼 풀리지 않고
더 깊숙이 혈관을 뚫고 상처를 때린다

누군 금지된 미움이라 나를 불러세워
야단을 치고 매일매일
쓰러지지 않으려 다짐한다

내 미움은 금지된 미움이 아니다
내 미움은 투명한 무죄이다.

배신

배고픈 나는
허름하지만
이름난 김치찌개 식당에 앉아
연신 숟가락이 바쁘다
돼지고기를 쉰 김치와
우걱우걱 씹고 있다
나는 배신을 당하고 돌아오는 길이었다

허세에 시켜둔 소주 두 병
허세에 한 병을 비우고
식은 김치찌개 국물을 데워달라
녹록해진 쉰 목소리로 주접을 부린다

나는 배신을 당하고 돌아오는 길이었다.

안갯속에서 안개를 바라보다

안갯속에 갇혔다
추락하는 빛들이 안개의 화이트홀 속으로 빨려 들고
나는 그런 안개를 바라보고 있다

작은 소리로 엉킨 무음의 안개는
고요함으로 위장하고
예민한 내 감각을 훔쳐 간다

미묘한 안갯속
갇힌 건 그리 대수롭지 않다,
한 발짝 밀어내 보지만
고뇌도 고통도 안개를 뚫지 못한다

안갯속에 갇혔다
안개를 바라보며 상실의 허상일 뿐이라
빨려든 누군가에게 편지를 쓰고
나는 아직도 안개를 바라보고 있다.

**

우리는 짙은 안갯속에 갇힌것 처럼 앞을 내다 볼 수 없는 많은 상
실과 슬픔을 만나게 됩니다.
가만히 들여다보면 안개를 지나치는건 너무
가벼울 수도 있는데 이미 그를 친절하지 않는 이웃으로 생각해버리
는 걸지도 모릅니다.

건넛방 후배

떠나가는 배를 빌려갔던 건넛방 후배는
아직도 처량하게 밤을 또 지세울까

밤새 듣던 그 노래보다
좋다던 네가 더 슬퍼보였던 밤이었다.

내 눈이 너를 바라볼 때

내 눈이 너를 바라볼 때
갑자기 쏟아진 폭우를 피해
참나무 치마폭 아래로 도망치던 달팽이와
눈이 마추친 그때가 떠올랐다.

상자의 불편한 진실

설 잠에 차소리를 듣는다
가난한 가로등에도 쓰레기차는 어김없이 정차한다
인부가 두 명이다 외롭지 않다
외로울 틈 없을 것 같은 그들도 둘을 고집한다
그사이 꿈인지 시간인지 창문 틈으로 비집고 들어온
바람이 도시의 새벽을 알린다 차갑다
관용을 베풀지 않는다
이불이 짧아 다리가 길다
숨을 곳 없는 발가락은 밤새 꿈을 놓친다
차가워지며 간지럽다

가난은 왜 이리 간지러운지 참을 수 없다
울음이 난다
공간은 처음부터 존재하고 싶지 않았다
버려진 상자들이 차곡차곡 쌓이는 불편한 진실,
배 꺼진 상자 속 물건은 애초에 내 것이 아니었다
그들의 주인은 도로를 걷지 않는다
얼굴을 볼 수 없다
상자의 배를 가르는 이 빠진 얼굴은 초상화 되어
거리의 밑면을 훑는다

흑백의 대비, 도시는 거대한 페인트 작업 중이란
팻말을 매일 내 건다
누구의 책임도 아니라며 연일 텔레비전엔 핏발 섞인
말들이 오고 간다
몇 십은 아니 몇 백은 주었을 양복의 얼굴은 하얗다
상자의 주인이다
저들의 목소리는 매캐 한 매염 같아
쌓여 굳어버린 까만 귓밥도 뚫는다
하지만 들리지 않는다
보이는 건 빈 상자뿐 늙은 손이 칼날 되어
배를 갈라도 누구도 그를 잡아가지 않는다
가난은 죄가 아니란다

거대한 상자의 주인들은 아량인 듯
물건을 버리기도 한다
상처받은 물건은 상처 없는 늙은 손을 잡는다
놓치지 않는다
다시 상처받기 싫어 애처롭게 쳐다본다
마음 넓은 얼굴로 틀니도 못한 웃음을
오물오물 반복한다
나는 죄가 없다 상처받은 손을 놓치지 않았을 뿐
나는 집으로 돌아간다.

도마

주름이 깊게 패인 어느집 더부살인가
꼿꼿히 누운 허리 나이를 알수 없고
숨가픈 통증 긴 인연
댕강난 붉은 바다가 젖은 인중 물들인다

샐녘에 잠이깨어 은하수 수 놓다가
젖은 기다림 마르니 길 잃은 흰발자국
뜨겁게 칼 끝겨누며 늙어가던 상처란걸

까맣게 타들어가 각질처럼 일어난 세월
반듯히 누운 자리 나이를 알수 없어
푸르른 가을 흙내음 노을맞고 누이네

식도염

어둠은
기름진 시간을 먹는다
식탐은
배부름을 망각한 채
집어 드는 손마다 서로를 경계하는 듯
거짓 겸손으로 인사한다
그러나 단지 그것뿐이다

내일은 또 어느 의사의 하루가
풍족한 시간을 보낼지
소견이 일상인 듯 휘갈겨져 있다

식도염
주의가 필요
그러나 단지 그것뿐이다.

조하리의 창

은폐된 공간
무표정하게 놓인 의자

엉킨 머리칼의 주인은
허리를 깊숙이 밀어 넣어
감은 의식 속 힘겹게 벽을 뚫고
혼자만의 사유를 그린다

오래 기대어 온 저울이
약속을 지키지 못해
잦은 떨림으로 삶을 살고
눈금은
익명의 과거처럼 떨어지고
쓰러진 후회들에
마른 눈물을 빌려온다

그림자 쓰러진 도시
어둠 속 얼굴이 두드릴 때
별만큼 많은 창이 열리고 바라보다
어제 보다 작아진 창을 닫으며
길들여진 호흡이
상처를 다시 들여다본다.

대출편지

밤이 깊다 겨울은
늘 모질기만 한 약속
밤 새 거칠게 돌아누워
누구네 가난한 사연인지
바람을 갈라 눈물 실어 보내고
이른 새벽 피곤한 알람 소리
겨울이 춥다 겨울이 길다

새어 나온 불빛 사이로
한 숟갈 떠는 한숨 끼니
K 은행의 짧은 편지
떨리는 못난 짝사랑마냥
놓아주고 돌아서고파
쫓기는 것들과 이별하고 싶다

낡은 클래식 회중시계의 젊음은
어느새 굽은 허리 아래로 파고들고
열 두 평 세간살이
열 두 달 허공살이
좁게 놓아도 모로 누워도
사상누각 같은 마음소리

흰 가운 입었다던 무남독녀 외동딸
노장이 되어버린 전화기 속
찢긴 목소리처럼 마음이 아득하고
하늘 위에 젖은 구름 걸리었다
눈부시게 쫓아가던 그리운
아버지로 불리던 이름 하나 걸리었다.

모순 - 일상1

찻 잔을 든다
깨진 얼굴이 나를 보고 있다
몰랐었다
깨져 있는 일상을
흔적들은 감춰져 있다는 것을

식지 않은 찻 잔 속
깨진 얼굴
내가 거기 서 있다.

모순 - 일상2

젖은 얼굴
상기된 손
세련되어 보이는 옷
단정한 머리카락
슬픔이 묻어난다
알고 싶다
닦아야 보이는 너의 눈물
그 이유를

장은화 시집 『'심장을 다시 구겨 넣으며'』에서

구겨 넣은 심장을 꺼내 보며

이근모(시인, 광주광역시문인협회장)

Ⅰ. 서序

　시詩를 은유와 상징을 통하여 이미지 묘사에 의존하는 것이라는 시론을 강조하면 난해 시가 되고 독자와의 관계가 멀어져 시를 통한 인간의 억압된 감정을 배설하는 것이라는 시라는 본래의 기능도 잃게 된다.

　하여 시를 친근하게 접하기 위해서는 언어적인 표현을 강조하는 형식적인 미학과 사유적思惟的 진실의 미학이 적절하게 융합된 시일 때 독자의 사랑을 받지 않을까 하는 필자의 견해다. 이러기 위해 시에 등장하는 화자는 이야기식 진술에 의존하되 그 진술이 진실의 미에 가치의 비중을 두어야 할 것이다.

시에서의 화자의 진술 유형을 살펴보면 독백적 진술, 권유적 진술, 해석적 진술 등이 있는데 독백적 진술을 통한 감정 전달이 감성을 더 자극하고 이 진술이 이미지 묘사와 융합하여 조화를 이룰 때 시적인 완성도는 높아진다 할 수 있다.

시적인 완성도란 묘사와 진술이 화자의 심상적인 요소가 등장할 때 독자의 감동을 불러일으킨다.

장은화 시인의 시집 『'심장을 다시 구겨 넣으며'』는 제목의 언술부터 앞서 언급한 언어적 미학과 진실적 미학이 융합된 독백적 진술의 시로 주를 이루고 있을 것이라는 예측이 오고 자연스럽게 이들의 시들을 먼저 감상하게 된다.

하여, 필자는 이러한 시 몇 편의 감상을 서술해 볼까 한다.

II. 시 감상

시의 완성도는 묘사와 진술이 융합하여 조화를 이룰 때 좋은 시로써 독자의 사랑을 받는다. 묘사와 진술의 조화란 화자의 심상적인 요소가 묘사 속에 진술될 때 그 감동이 크다.

170

차가운 강에 발을 담근다
다른 얼굴의 돌들이 나를 쫓는다
작은 송사리 떼들의 생명이 간지럽힐 때
살아 있음을 느낀다

붉은 석양에 눈을 맡긴다
무지개를 뱉던 태양빛은
달빛에 반해 오래전 별의 전설을
하늘에 옮겨 놓을 때
살아 있음을 느낀다

낮을 살았던 거친 호흡이
아이들의 평화로운 웃음소리로
잔잔한 쉼을 찾을 때
살아 있음을 느낀다

－「살아 있다는 것」 전문－

　살아 있다는 미적 진술을 인간의 감각기관을 통하여 알 수 있다는 묘사적 언어의 진술을 서정적 진술을 통해 1연에서의 촉각 2연에서의 시각 3연에서의 청각을 묘사한 이미지가 언어의 미학을 그대로 실현하고 있다.
　살아 있다는 것에 대한 화자의 심상적인 요소가 묘사와 진술의 조화를 이루고 있다. 여기에 미각(맛)의 묘사가 진술된 심상이 있었다면 하는 의견을 제시해 본다.

파란 스웨터를 입고
부산행 버스를 탔던 날을 기억한다
딸 셋 아들 하나 방 두 칸
바람은 허약한 우리집을 거쳐 갔다

아교로 붙힌 겨울은 그래도 추웠다
그래서였던가 몸 어딘가에서 열꽃들이
계속 피어났다

계절이 지나도 떨어지지 않던 열꽃
어머니 손을 잡고
그 거대한 도시에 내리던 날
나는 꾀병이라고 울음을 쏟아냈다

아버지보다 크고
하얀 낯빛을 한 머리 까만 여자의
그림자 같던 등에 갇혀
울음은 새어 나가지 못하고
일년을 살았던가

아버지 여긴 웃음은 시장하지 않나봐요
값비싼 침묵이 흐르고
윤기나는 식탁보다
가난한 매 끼니가 나 때문인 것 같아
어른이 되어버렸다

어머니 여기 밤은 더 깊고 어두워요
드르르 밤새 들리던 소리에
허상(虛像)들과 마주했던 그 날을

나는 아직도
문턱을 넘지 못하고
살고 있다.

−「문턱」 전문−

　화자의 유년과 성년의 환경을 감춘 듯 드러낸 묘사와
진술을 조화롭게 형상화 하고 있다. '바람은 허약한 우리
집을 거쳐 갔다/ 아교로 붙힌 겨울은/ 그래도 추웠다' 이
미지 묘사는 상상력을 끝없이 확장 시키고 있다. 그 이미
지 묘사의 함축이 백미다.

해바라기 낯빛이 어두워질 즘이었던가
너와 나는 시멘트로 포장한 듯한
상자 같은 국숫집으로 들어갔지
한 가지 메뉴 만 된다는
이상한 건지 낯설은 건지 알 수도 없는
국수를 시키고 오물오물
깍두기 한 알을 야무지게 씹었지

어디로 갔던지조차 기억나지 않는
너와의 일기를 애써 깔깔대며 말하던 나에게
너는 눈싸움이라도 하듯 국수 그릇만
내려다보고 있었지

국수는 말이 없고 나는 울음을 숨기고
너는 지난봄 장수한다던 꼬마 자라의
갑작스러운 죽음을 생각하는 듯
말이 없었지

낙서들이 난자한 국숫집 벽을 더듬어
한 줄 낙서를 하고
국수 면발 보다 더 불어 터진 굵은 눈물을
그릇에 담아내는 너를

현무암 같은 눈을 가진 회색의 벽은
비밀을 감추지 못하고 쏟아버렸지
'우린 사랑했을까
아니 사랑하고 있는 걸까
아니 우린 이별하는 걸까
이별하기에 우린 사랑하고 있는 것이 아닐까'

그러곤 달음질치듯 가버린 너의 시간 뒤로
추억은 죽고 낙서만 남아

우린 정말로 이별하고 말았다

-「추억은 죽고 낙서만 남아」 전문-

　인연은 만나고 헤어짐이다. 그 인연 안에는 사랑도 있다. 사랑 역시 만나고 헤어짐의 사연을 간직하고 있는 것이 인간사이다. 드러내지 않고 감춘 듯 진술되고 있는 사랑하는 사람과의 이별의 아픔을 억제하는 심리적 묘사로 낙서라는 언어로 대체하고 있다. '축억은 죽고 낙서만 남아' 이별의 아픔을 지우려는 고뇌를 역설적으로 묘사한 언어의 진술이 깊은 사유를 준다.

　국수 면발보다 더 불어 터진 굵은 눈물/ 현무암 같은 눈을 가진 회색의 벽 지난날을 그리고 지금의 과거와 현재가 동일한 상황 속에서 화자의 심정을 고백하는 절창의 시어들이다. 화자의 쓸쓸한 감정도 읽어 본다.

내가 걸고 있던 것이 내가 아니라는 걸 알았을 때
씹고 있던 하루로 가난한 벽 구멍을 메우고
여기저기 쉽게 짓던 노래로 끼니를 때우니
들여다보는 것이 두려워 두통이 요동 치고
이미 내 몸에서 벗어나버린 심장은 아프다
내 머리 채를 움켜쥐던 몰래 왔던 바람을 겨우 달래며
내 심장을 다시 구겨 넣었다

나는 나를 오진하고 있었다.

-「내 심장을 다시 구겨 넣으며」전문-

　　시집의 표제 시이기도 한 이 시는 시인의 삶을 되돌아
보며 새로운 각오를 새기는 시인의 마음을 다짐하며 새로
운 좋은 시 쓰기에 도전하는 시인의 의지가 담겨 있다.

　　지난날의 시작 생활에 깊은 반성을 '내 머리 채를 움켜
쥐던 바람을 겨우 달래며' 묘사한 시구가 모든 것을 함축
한다. 구겨 넣은 심장 벅찬 환희가 되길 응원한다.

나의 동쪽 너의 서쪽
눈부셨던 매일을 덧칠해도
늘 엇갈린 만남으로
서로를 지켜주지 못했다

너무 먼 너와 나의 거리
그 아득할 것 같던 계절이 다 할 때 쯤
계절은 그림자만 남기고
나는 동쪽 너는 서쪽
우리 사이 너무 아득한 그리움 사이

무지개를 뱉어낸
젖은 햇살 끝자락을 여미어 보지만
자유와 방종의 시간 사이

내 몸이 헐거워지면 너도 헐거워져 별에 잠들고
너와 내가 죽어 이름을 잊어 창을 닫을때
잊기로 한다 슬퍼지기 전에

-「태양과 달 사이」전문-

화자와 화자의 대상을 태양과 달로 상징하고 그 간격을 은유해서 나는 서쪽 너는 동쪽이라 했다. 화자 자신을 낮추워 화자가 달이되고 그 상대가 태양이 되어 그 태양에 순종하고 그 순종 속에서 무지개를 꿈 꾸는 관계였지만 뜨는 별 지는 별 같은 한낮 꿈이었을 뿐 태양의 방종을 자유라 할 수 없는 그 관계의 슬픔을 조용히 읊고 있다. 관계란 대등한 것이어야 한다는 사유를 확장해 본다.

두통이 내내 시간을 찢어 놓을 때면 / 그리운 것들이 이유를 만들고/ 열세 살 연탄가스를 마시고 죽은/ 소녀가 생각난다// 담 하나를 사이에 두고/ 달이 뜨고 별을 세며/ 시간을 나누었던/ 얼굴 보얀/ 초승달 눈의 아이/ 영주// 소녀의 죽음이/ 늙은 느티나무 아래까지 전해졌을 때/ 할머니의 넋두리가/ 장승곡 되어 담을 넘어왔다// 사주를 보았단다/

열 세 살이 넘기 전 어머니와 살면/ 죽는겨...죽어..라던/ 용하다던 무당의 말에/ 시골로 전학 온/ 하늘색 물방울무늬 원피스/ 도시물 먹은/ 빨간색 가방도 예뻤던/ 그 소녀// 여름이면 멱 감고/ 산딸기 가시에 찔려도/ 시골의 맛에 웃고/ 보름달이 너무 커 떨어질까/ 조마조마 다리밟기 하며/ 계절을 나고 또 보냈다/

엄마가 너무 그리워/ 몇 날 며칠 베개 잎을 적시던 어느 날/ 열세 살 소녀는/ 담 하나를 사이에 둔 그 집을 떠났다/ 그리곤/ 다시는 돌아오지 않았다/ 속살하얀 이를 드러내며/ 하늘물 먹은 옷 입고/ 하얀 날개옷 입은/ 그 소녀가// 가끔은 꿈속에서/ 내 그리움과/ 함께 한다.

-「내 두통엔 그리움이 가득하다」전문

    시 창작 발상적 표현은 화자의 주관적인 정서가 객관적인 정서로 묘사될 때 독자는 그 시를 시적인 정서로 감상한다.

    자칫 과거의 추억이나 기억을 진술한 시에는 시인의 주관적 정서가 그대로 표출되기도 하는데 이는 경계하고 주의 해야할 사항이다. 그러나 이런시도 사실적 진실이 내포되면 그 사실적 진실에서 또 다른 메시지를 전달 받는다. '내 두통엔 그리움이 가득하다'의 시가 바로 이런 시가 아닐까?

    4연과 6연에서 메시지의 확장을 본다. 무당의 말을 듣고 엄마와 떨어져 시골로 전학까지 했는데 엄마가 너무 그리워 엄마에게 갔다가 연탄가스 중독으로 불의의 죽음을 당한 소녀에 대한 그리움을 가슴을 넘어 두통으로까지 번진 화자의 유년 기억이 멀리서 다가오고 있기에 독자의 감성을 자극하고 있는지도 모른다.

한 아이가 길 위에 서 있다
오래전 어른이 되어 버린 아이
바람이 일러준 그 길 위에
길어진 나신의 상처들을
어디쯤 묻어 두었는지 찾지 못해
돌아오지 못한 채 서 있다

한 여인이 길 위에 서 있다
오래전 아이가 되어버린 여인
늦은 겨울비가 일러준
봄이 온다는 매화꽃의 약속
그 길 위에 무명(無明)*을 걸치고
돌아오지 못한 채 서 있다

한 아이가 길 위에 서 있다
겨울을 사랑해버린
쓸쓸한 들꽃을 찾지 못해
돌아오지 못한 채 서 있다

한 여인이 길 위에 서 있다
푸른 석양이 뱉은 파문(波紋)에 속아
억새꽃 떠미는 작은 풀꽃 소리에도
돌아오지 못한 채 서 있다

어디쯤 그 아이를 마중 나가야 할지
언제쯤 그 여인을 만나러 가야 할지
이제는 떠나와야 하는지
갈라진 그 길 위에
밤을 지새운 모래시계 하나 세워 두고
뒤돌아서 있다.

–「길」전문–

'한 여인이 길 위에 서 있다' 이 시구를 반복하여 그 여인의 현재의 이미지를 묘사하고 있다. 화자를 그 여인으로 은유하여 그 여인의 심경을 그려내고 있다. 자아의 존재를 찾아 길 위에 서 있고 자아를 찾기 위해 고뇌의 길을 걷는 여인... 춥고 쓸쓸하고 고달픈 겨울을 사랑한 정서를 봄을 찾아 소생의 길을 찾는 여인을 사유한다.

활기찬 삶의 길에서 모래시계 세워두고 희망을 기다리는 그런 시간이 아닌 스스로 돕는 자에게 돕는 그런 시간을 소유하는 여인이 되기를 응원 한다.

불꽃되어 터진다
소리없는 속삭임 향기없는 이끌림
붉어진 볼처럼 터져오르는 청춘의 만개
너의 지고지순 젊은 날의 사랑
향유없이 기다림만 있는 나

서투른 성애낀 편지 날려보내도
베르테르의 순정으로 속삭여온다
온몸으로 낙화하는 이별에 가픈 숨결 멈추고
채이는 발자국의 예정된 짓눌림에
하나둘씩 아스팔트의 그림자로 돌아가는

내 마지막 사랑 내 마지막 연인

-「동백」 전문-

　동백꽃은 겨울꽃이다. 벌, 나비 없어도 동박새의 가루받
이를 믿고 활짝 피워낸다. 또한, 꽃이 질 때도 눈밭에 잎
으로 지는 것이 아니고 꽃봉오리 그 자체가 목줄 끊듯 진
다. 그야말로 꽃으로 피어나는 붉은 색 정열과 눈밭에 뒹
구는 꽃봉오리에서 정열의 사랑과 지고지순한 사랑을 사
유한다. 하여, 한 사람을 향한 사랑의 표현으로 동백꽃을
상징하여 은유로 묘사했다. 시인의 지고지순한 온유 속에
서 숨겨놓은 정열을 읽는다.

먹구름 가라앉은 수묵화 같은 너의 나체
소리 없던 잔뿌리들이 얼굴을 드러내고
안갯속으로 뚫어지듯 걸어 들어간 아침은
숨겨진 비밀을 풀어내듯 바람의 뼛속까지 유영한다

남 몰래 잉태한 생명은 서투른 사유를 시작하고
네가 흔들었던 나무는 그림자도 없이 꼿꼿하다
깊이를 가늠하기엔, 나는 배움에는 약한 잔뿌리
그저, 소용돌이 없는 물결 속에 하루를 버틴다

상처가 깊었나 보다. 발끝까지
파고드는 부종에 제살 인냥
여기저기 흉하게 자리를 잡고
사랑이 깊었나보다. 엉킨 세월만큼 모든 걸
불러 세운 강단에 걸지도 못할
서투른 붓질에 미완의 수채화 되어
들추기도 부끄러운 불 빨간 습작들

사랑은 상처를 너무 몰라 늦은,
오늘도 내일의
첫 사랑이 되길 하늘에 걸린다.

　　　-「늪, 미완의 수채화」 전문

수채화가 '물감을 물에 풀어서 그리는 그림'이라는 언어
적 뜻에서 사유 되는 것은 자유자재로 이미지를 다양하게
묘사할 수 있다는 것을 사유케 한다. 그런데 이 자유자재
의 생각처럼 시작詩作은 그렇지 못하고 늘 늪에서 허우적
거린다. 시인은 시작의 고뇌를 이렇게 미완의 수채화로
함축하고 있다. 시작의 고뇌를 진술한 시인의 고통을 읽
을 수 있다.

지난밤, 머리채가 잡혔던 여자에게
나이만큼 묵은 욕을 해댄다
세상 돈이 좋다지만
내 돈 어디 두고
손톱에 화장을 했다는 그 여자
사장 마누라란다

평생 만 원짜리 옷도 마다하는 노인은
여자의 보석 박힌 요란한 손톱이
몸서리쳐졌다
시집오고 평생
새까만 흙 때가 가실 날 없는
칠십을 넘긴 노인

화장 한 손톱이 역겹기만 하다
과신했던 그 여자의 손톱에
비틀어지고 생채기가 난
새까만 손톱으로 저녁을 준비하는
우리네 위장이
더 배고프단다 더 요란하단다

여자는 네일아트 불빛 아래
사거리 유행 속 화장(化粧)을 받고
노인은 거짓 없는 위장에 화장(化粧)을 한다
흙물 든 손톱 밑 단단해진 근육들이
연신 실룩거리며 밥을 푸고 있다.

-「손톱」 전문-

　손톱에 매니큐어를 바른 여인과 평생을 흙과 살아온 어느 노인의 흙 때 밖힌 손톱과의 대칭적 그림을 통해 세상의 삶을 살아가는 인간사에서 진정한 삶의 가치를 메시지로 전하고 있다. 마지막 연에서 '여자는 네일아트 불빛 아래/ 사거리 유행 속 화장(化粧)을 받고/ 노인은 거짓 없는 위장에 화장(化粧)을 한다'에서 인생사 모든 사유를 확장 시킨다. 시인과 독자의 삶의 교감으로 소통하고 있음을 느낀다.

Ⅲ. 감상을 마치며

　우리가 흔히 좋은시라는 의미를 말 할 때 시에서 묘사
되고 있는 이미지와 언어의 미적 형상화가 운율과 상징
을 통하여 독자에게 정서적 교감을 줄 때 좋은시로 평가
받는다.
　묘사되는 이미지와 언어의 미적 형상화는 시를 쓰는 시
인의 과거와 현재의 환경과도 밀접한 연관이 있다.
　이번에 첫 시집을 상재 하는 장은화(현서) 시인 역시 그
의 환경이 모태가 되어 자서전적 진술의 시들로 시인 순
간순간의 정서를 전달할 때 시인의 심리적 신체적 경험적
정서들이 많으면서도 이를 사회 현상과도 결부시켜 앙가
지망적 시들도 눈이 띤다.
　이러한 참여시로 볼 수 있는 시 한 편을 읊으면서 본 소
고를 마친다.

　　　　　　　　　　　광주광역시 문인협회 회장

　　　　　　　　　　　이근모 시인

상자의 불편한 진실

설 잠에 차소리를 듣는다
가난한 가로등에도 쓰레기차는 어김없이 정차한다
인부가 두 명이다 외롭지 않다
외로울 틈 없을 것 같은 그들도 둘을 고집한다
그 사이 꿈인지 시간인지 창문 틈으로 비집고 들어온
바람이 도시의 새벽을 알린다 차갑다
관용을 베풀지 않는다
이불이 짧아 다리가 길다
숨을 곳 없는 발가락은 밤새 꿈을 놓친다
차가워지며 간지럽다

가난은 왜 이리 간지러운지 참을 수 없다
울음이 난다
공간은 처음부터 존재하고 싶지 않았다
버려진 상자들이 차곡차곡 쌓이는 불편한 진실,
배 꺼진 상자 속 물건은 애초에 내 것이 아니었다
그들의 주인은 도로를 걷지 않는다
얼굴을 볼 수 없다
상자의 배를 가르는 이 빠진 얼굴은 초상화 되어
거리의 밑면을 훑는다

흑백의 대비, 도시는 거대한 페인트 작업 중이란
팻말을 매일 내 건다
누구의 책임도 아니라며 연일 텔레비전엔 핏발 섞인
말들이 오고 간다
몇 십은 아니 몇 백은 주었을 양복의 얼굴은 하얗다
상자의 주인이다
저들의 목소리는 매캐 한 매염 같아
쌓여 굳어버린 까만 귓밥도 뚫는다
하지만 들리지 않는다
보이는 건 빈 상자뿐 늙은 손이 칼날 되어
배를 갈라도 누구도 그를 잡아가지 않는다
가난은 죄가 아니란다

거대한 상자의 주인들은 아량인 듯
물건을 버리기도 한다
상처받은 물건은 상처 없는 늙은 손을 잡는다
놓치지 않는다
다시 상처받기 싫어 애처롭게 쳐다본다
마음 넓은 얼굴로 틀니도 못한 웃음을
오물오물 반복한다
나는 죄가 없다 상처받은 손을 놓치지 않았을 뿐
나는 집으로 돌아간다.

추천의 글

   장은화 시인의 작품은 인간 내면의 깊은 감정과 자연의 아름다움을 통해 '자유'와 '삶의 속도'에 대한 성찰을 우아하게 풀어냅니다. 장은화시인의 시는 자유의 본질을 탐구하고, 자연과의 교감을 통해 인생을 느리게, 그러나 의미 있게 살아가고자 하는 욕구를 시적 언어로 섬세하게 표현하고 있습니다.

   장은화 시인의 시에서는 '자유'라는 개념을 형벌로 묘사하며, 이로 인해 생기는 내면의 아픔과 시의 힘의 상실을 언급합니다. 그러나, 시인은 좌절과 실패를 극복하고 다시 일어서겠다는 각오를 통해, 자기 사랑과 자유로운 영혼의 회복을 다짐합니다. 이는 자기 수용과 내면의 강함을 찾아가는 과정을 아름답게 그려내며, 독자에게도 자기 자신을 더 사랑하고 삶의 진정한 의미를 찾으라는 메시지를 전달합니다.

   장은화 시인의 시에서는 꽃을 통해 삶의 속도와 성장, 변화의 자연스러움을 탐색합니다. 꽃이 자연의 요소들과 상호작용하며 시간을 거스르지 않고 자연스럽게 성장하고 변화하는 과정을 통해, 시인은 인간도 마찬가지로 삶의 속도를 조절하며, 진정한 자신을 잃지 않고 사랑과 행복을 찾아가야 함을 강조합니다. 꽃과의 대화를 통해 표현된 이 시는 일상의 작은 순간에서도 행복을 찾고, 삶의 아름다움을 깨닫게 하는 깊은 사유를 담고 있습니다.

장은화 시인의 작품은 현대인들이 자주 잊어버리는 삶의 본질적 가치들을 상기시킵니다. 첫 번째 작품에서는 자유에 대한 새로운 이해와 내면의 힘을 통해 다시 일어설 수 있는 용기를, 두 번째 작품에서는 자연과의 교감을 통해 삶의 속도를 조절하며 진정한 의미와 행복을 찾는 방법을 제시합니다. 이 시들은 독자로 하여금 자기 자신과 주변 세계를 다시 바라보게 만들며, 인생의 무게를 가볍게 하는 법을 알려줍니다.

　장은화 시인의 섬세한 감성과 깊은 사유는 현대 사회에서 점점 잃어가고 있는 인간 내면의 아름다움과 강인함을 되새기게 만듭니다. 이 작품들은 모든 독자들에게 깊은 울림을 주며, 삶의 진정한 가치를 찾는 여정에 소중한 길잡이가 될 것입니다.장은화 시인의 작품집은 다양한 인간 경험의 스펙트럼을 아우르며, 독자들을 깊이 있는 사색과 감정의 여정으로 이끕니다. 이 시집은 사랑과 이별, 외로움과 동경, 그리고 삶의 미묘한 순간들을 섬세하고 강렬하게 포착해내며, 우리 내면에 잠재된 깊은 감정의 층을 탐색합니다.

　시인의 뛰어난 언어적 감각과 이미지의 사용은 각각의 작품에 독특한 분위기와 리듬을 부여하며, 독자들로 하여금 일상의 순간들을 새로운 시각으로 바라보게 만듭니다.

장은화 시인의 작품에서 두드러지는 점은 일상 속 소소한 순간들에서 발견되는 깊은 의미와 아름다움입니다. 시인은 자연과 인간, 도시의 삶과 그 속에서 겪는 다양한 감정들을 탐구하며, 이를 통해 우리가 소홀히 여겼던 삶의 가치를 재발견하도록 이끕니다.

이러한 작품들은 독자들에게 삶의 순간들을 보다 깊이 있고, 다채롭게 경험하도록 도전하며, 감정의 고양을 통해 인간의 내면세계를 탐구하는 데 중요한 역할을 합니다. 장은화 시인의 시집은, 삶과 자연, 그리고 인간의 내면세계에 대한 깊은 성찰을 담고 있습니다. 시인의 섬세한 감성과 독특한 시적 이미지는 각각의 작품에 생명을 불어넣으며, 이로 인해 독자들은 평범한 일상 속에서도 간과하기 쉬운 깊은 감정과 의미를 발검할 수 있게 됩니다.

이 시집은 독자들이 자신과 주변 세계를 다시 한번 깊이 있게 바라볼 수 있는 기회를 제공하며, 인간의 존재와 삶에 대한 이해를 넓히는 데 큰 역할을 할 것입니다. 장은화 시인의 작품은 삶의 여정을 따라 감정의 파도를 탐색하는 모든 이들에게 깊은 울림과 위안을 제공할 것입니다.

문학평론가 이현우 교수